曬街道

平凡的小美、竟是道地。旅行每個城市，都得走
進當地的市場，才看見原汁原味的生活樣子……

像個老練的家庭主婦，不會買到不好吃的水果，在艾克斯市集裡，相當容易有成就感。屏住氣息，似乎怕一呼吸又回到現實世界的我，緩步走逛在每個攤位前，細細品味來自南法陽光下的蔬菜水果，以及空氣裡彌漫的幸福香氣。

梧桐樹襯在灑落的陽光下，是一種可口的青蘋果綠色。戴草帽的蔬菜攤型男，笑臉不斷地接待客人的採買。

我一下買桃子、一下又去買葡萄，實交易之名、行偷看之理，有這種賣菜的小伙子，早起也要上市場。

在高聳梧桐樹的遮護下，市集裡的陽光顯得溫柔許多，四周古老
建築的黃土色，被陽光佐襯出一片蜂蜜色的氣氛，一切都美麗得
讓人難以置信，像是畫裡一直夢見的，卻又是活生生在眼前。

鮮黃色的向日葵，花芯是泛紅的巧克力色，旁邊陪襯的鮮橘色、奶黃色像乒乓球的花朵，濃郁又華麗的美感，是徹底的法國氣息。煙燻好的火腿肉上有些發霉的白斑，不嗜生火腿的我躲得遠遠的，但另一半JJ則熱情地趨步上前，說那才叫作讚。莓果攤的老闆，是一位把自己梳理得乾乾淨淨像紳士的老爺爺，白襯衫卡其褲清爽如他的莓子擺盤。大蒜攤位的老闆，正用爽朗的笑聲跟久違的來客打招呼，據說普羅旺斯整個地區，都像被大蒜抹過一遍似的，湯裡、醬汁裡、魚肉、麵糰裡，都會無法避免地吃到大蒜，這才明白，為什麼當地人都是成串成串地採買。

市集裡氣氛好得很自然，陽光輕柔地滲進皮膚裡，久違的橘紅色合身洋裝也給招喚了出來，跟著人家提著柳編籃子上市場，一方面像觀光客般難掩初次的興奮，用照片記錄這如畫似夢的景像還不夠，很難得地居然也拿起錄影機，生澀地對焦取景，想記錄下這片活躍的美好。遲遲不肯離去，好比在美夢裡不想甦醒，請讓我繼續任性地做夢吧。

普羅旺斯香草認證

氣味，總是幫忙把旅行的記憶儲存下來。

然後，我們憑著氣味，回憶起記憶深處那些

陌生又似曾相識的異鄉情感。

市集裡、雜貨店裡、紀念品店裡，隨處可見玻璃瓶、亞麻袋、碎花布袋、甚至塑膠桶裝的普羅旺斯香料，它們絕對是很好的伴手禮，一點都沒錯。

乾燥的香草，即使擺上好幾個月，香氣依然能保持濃郁。廚房裡擺上一瓶，煮肉、煮魚灑上幾匙，香氣便多了幾番層次。早期的普羅旺斯香草，多半來自其他國家，比方土耳其的月桂葉、埃及的馬鬱蘭、西班牙的百里香……後來經過普羅旺斯當地的香草農反制，便開始有了如同審查葡萄酒般的標準，給予香草紅標「Label Rouge」的標章，所以只要看見有標示這樣的認證，便是 100％ 來自普羅旺斯當地栽種、依照特定比例成分所調製的乾燥香草。

其中包括有奧勒岡、迷迭香、香薄荷、百里香和羅勒。

曾經有機會品嚐到一位深愛普羅旺斯、把本身的熱愛經營成事業的朋友，利用她自己進口的普羅旺斯香草燉煮香料肉醬麵。乾燥香草與肉醬經過一整個夜裡的醞釀，品嚐起來的滋味，唇齒之間真的感覺得到細膩的香氣層次，那一次之後我便愛上了這個普羅旺斯專屬的香草氣味，也學到別於醬油與米酒之外，另一種烹調肉類的方式。

現在廚房裡的香料架上，依然擺著當時帶回來的普羅旺斯香草，書寫同時忍不住打開瓶蓋嗅嗅香氣，記憶瞬間又拉回到陽光灑落的市集裡。我記得好清楚，身體回到台北，心還遺留在南法的那天，皮箱一打開，濃濃的香草味撲鼻而上的環抱。

今天買了什麼呢？

什錦莓果可麗餅

一直想說，若有機會親身來到市集，各種顏色的新鮮莓果，一定非買不可。租來的小屋裡有漂亮的白色廚房，齊全的烘焙器具，感覺得出屋主對烘焙、烹煮的喜愛，那麼今日就別再錯過這可以一次買齊新鮮草莓、蔓越莓、黑莓、藍莓的時刻。搭配容易製作的可麗餅，「什錦莓果可麗餅」，就是今天飯後的加分甜點。

準備

草莓切半、其它莓類洗淨，拌入一點細砂糖。

奶油少許，抹平底鍋。

材料

可麗餅麵糊

低筋麵粉——60g

雞蛋——2 顆

牛奶——250 ml

細白砂糖—— 2 茶匙 /2tsp

作法

1. 將麵粉、細白砂糖、2 顆雞蛋、牛奶混合，將麵糊打勻

2. 封上保鮮膜，靜置 30 分鐘後便可取用

3. 熱平底鍋、加入奶油，倒入一些麵糊後順時鐘轉動鍋子讓麵糊平均，正面煎約一分鐘（或至變金黃色）即可翻面，另一面約煎 30 秒即可起鍋。

4. 將餅皮對折，拌入莓果，亦可撒上糖粉、草莓果醬增加甜味

Fion's Tips

1. 麵糊很稀、很容易轉動使餅皮薄嫩。比例約是：20cm 圓徑的平底鍋放入 70ml 的麵糊。

2. 法國超市裡也有賣調好的可麗餅麵糊，更方便出門在外時使用。南法可麗餅餐車上賣的多半是栗子醬、榛果巧克力醬、白砂糖的口味，若有機會去超市不妨也可試試看當地的傳統栗子醬。另外，我在小雜貨店裡買到膠裝的栗子醬條，感覺起來像是小時候在雜貨店裡賣的，用吸的「小飛俠牌」巧克力。

⚔

生
活
街

「只要你生在這裡，那就夠了，其他什麼都不用」。

「我每日沉醉在這裡的景色之間，欣賞當中的美妙景緻。我真的不能
　想像有什麼更好的方法或地方，可以讓我消磨時間。」

畫家塞尚談起普羅旺斯時，這麼說道。

盛夏早晨、陽光仍然溫柔，走逛於艾克斯小城之間，像詩篇一樣的生活調子，令人無法保留地讚嘆起來，這一切……美好得不像話。

艾克斯小城，什麼都剛剛好。

咖啡館、餐館延伸出來的戶外桌椅，一點都不破壞路上的景觀，展現出來的悠閒與自在，是令人期待台北的空氣裡也有的生活隨影。怪不得法國人吃一頓飯要花個半天半夜，如此悠閒的氣氛搭配老建築的溫潤，真的置身其中，才能真正明白有酒有花有美食的好時光，不知不覺地就變得好愉快且多話開懷了起來。

生氣盎然的小巷裡，總是驚喜不斷。也不知道是不是自己太過崇拜此地，出現宛如遇見偶像的心慌意亂，每個轉角之間，必須調整呼吸頻率以因應接下來衝擊不斷的法式美好。尤其在 Rue d'Itaile 小街上，窄小的鵝卵石路、赭藍色木頭窗扇上，草綠色植物的攀爬和黑色的老鐵鎖、麵包店剛出爐的法國長棍、水果店那山滿得快要滾下來的蜜桃，琳琅滿目、不曉得從哪瓶挑起的玫瑰紅酒……只得來來回回、早上一回中午一回晚上一回的，深怕再也沒機會遇見般地未雨綢繆，深深地愛上艾克斯這條生活小徑。

小徑轉角分支出去的巷弄，是另一波優雅的南法風情。Côté Bastide 是
一家單純以白色、麻色衍生出來的生活家飾，是學習法式生活品味的
首席指標。無論怎麼樣，到最後依然喜歡選擇白米色的家居，尤其藏
在白米色之間那一點點因光影而演出的層次、小角落的鐵件五金綴飾，
麻線的粗糙感以及越老越有韻味的氣息，都是怎麼把玩也不膩的魔鬼
細節。

Côté Bastide
3 bis, rue Fernand Dol 13100 Aix-en-Provence
Tél.: 04 42 97 31 00

柏 拉 圖 小 酒 館

鏡頭很難取景，前面老是有人。走了一個，
後一個走上來的人，又停了下來。
也難怪，柏拉圖式的愛情種子，誰能拒絕。

可可色的木頭門上有著歷盡歲月的痕跡，散落地上、牆上的掛畫像美酒一樣，多看幾幅就醉了。

他其實不賣酒。他賣「美酒的年齡」、「城堡的標籤」、「典藏的銅綠」、「性感的詩句」。

每幅印在絹布上的圖像，都是藝術家兼老闆所設計的藝術裝置，收藏起來的美酒年份、葡萄園裡的莊園模樣、羅馬年代的世紀城堡，都被他用感性的／性感的眼光，擷取紀錄下來，仿舊處理之後，變成一幅幅浪漫感性的裝置藝術。

欣賞之間，已經微醺，這幅好還是那幅好？舉棋不定。
一定是醉了吧！一幅也沒有帶走。我反覆回想到底是怎麼了？也許是濃郁的柏拉圖式愛情太強烈？也或許是擔心糟蹋了它？

這位葡萄酒界的藝術家作品，讓路過的人都微醺。

LA TAVERNE de PLATON
25 Rue Des Tanneurs 13100 Aix-en-Provence
Tél : 06 33 05 88 21

小 巷 弄 的 愛 情

來回走逛著 Rue Des Tanneurs 皮革街以及臨近的小徑，雖然已經仔細地在地圖上註記走過的部分，卻還是迷路得一塌糊塗。

但，又好享受這樣的迷路，轉角遇見都是愛。
小徑上橘色的餐館，用綠樹佈置黑色座椅間的縫隙，冰淇淋店前的人龍沒有不耐煩的表情，露天咖啡座上的情侶，不管老的還是少的，牽手浪漫、親親臉頰，心情和天氣一樣晴。

小徑時而上坡、時而下坡，有些寬大、有些窄小，盡頭是老泉、也有的是滿牆綠意的轉角，我索性也就寬心放下地圖，一樣的店遇見兩三次也沒有關係，只是辛苦了身旁的孩子。

沒有真的說出口，但是其實心裡想說的是：請原諒媽媽的任性，我在這一團充滿生活味的街巷迷著路，其實也在找尋著自己之於南法的深情。

米哈博大道

那是一條不知不覺會愛上的街道。

想在這裡牽手、也想站在中央閉上雙眼、任由身體天旋地轉、想輕輕擁吻，若現在另一半湊著臉過來，我也會毫不吝嗇地親一下。

若說香榭大道是到巴黎不可錯過的主街道，那麼艾克斯的米哈博大道是來到法國南部走過三回都嫌少的美街。

第一次走過時，便覺得這條街有些比例上的勻稱或是定律，但說不上來。直到讀了彼德‧梅爾的介紹，才知道這條在我心目中比香榭大道還美的街，原來是遵循達文西定律而建的。

米哈博大道鋪設於西元一六四九至一六五一年間，相當於老爺爺的曾祖父的曾祖父輩分來的。大道的寬度一如兩旁房屋的高度，長四百四十四公尺，寬四十二公尺，種有四十四棵梧桐樹，每棵樹之間相隔十公尺，路上有四座噴泉，然而因兩側蔓延到路上的咖啡座，以及梧桐樹蔭的光影，稍微潤飾了這些四的倍數所形成的方正規矩，讓這條大道在定律之間又不顯得嚴肅。

旋轉木馬

比起巴黎，米哈博大道旁、那座白色基調的旋轉木馬，
是我在法國遇見的所有旋轉木馬裡，最喜歡的。

儘管馬車上的木門是有點舊了、木馬的色彩也不華麗，當一
串串的小燈泡亮起、木馬隨著音樂開始轉動，我們都想縮小，
跟著木馬旋轉時的紫色／粉紅色光暈，扮演王子和公主。

每天都來報到的 Mia，幾乎都是選同一匹粉藍色的馬，媽媽以為她
最喜愛的應該是仙度麗拉的馬車，看來那只是媽媽自己想當公主的
虛榮幻夢。

穿紅色碎花裙的西班牙女孩選了一隻豬、大概才三歲的德國男孩很
快地選擇了禮車、戴眼鏡的金髮女孩坐進我中意的馬車，站在外圍
沒辦法縮小的男人女人，也算沾光地跟著王子公主們，在這個像夢
的城市，邂逅了粉色的童話故事。

le nain rouge

噴 泉

艾克斯（Aix）在拉丁文是「水」（Aqua）的意思，走在城裡遇見古老的噴泉
常會停下腳步讓孩子玩玩水，大大小小四十幾座噴泉，也讓這城有「千泉之都」
的美譽。

輕聲呢喃的古老噴泉像是小城裡的長者，用流水潺潺想告訴來到的遊
客，這小城幾百年來的故事。孩子玩水時，我的耳朵常常跟著水流，
傾聽著小城的故事，整座城因為有了老噴泉的存在，更顯得溫柔可親，
手指頭輕輕撫摸石頭上的青苔，偶爾順著水流，摸摸冰涼的老石頭，
閉上眼，彷彿又來到夢裡，這是我心頭一直嚮往的地方，這瞬間拉近
距離的真實感與不真實感，交錯在我與老泉的接觸之間。

米哈博大道上，有兩座讓我印象深刻的老泉，之一為「九法典水泉」（La
Fontaine des Neuf Canons），據說以前是山羊和綿羊的酒吧，因為池子
高度很低，遠處而來的羊群會在這兒小歇、喝水再上路，現在則似乎
成了口渴的小狗和小鳥喝水的池子。

另一個則是長滿青苔的熱水泉（La Fontaine d'Eau Chaude），泉水並不很燙，摸起來仍感覺溫溫的，據說這池水有驚人療效，促進婦女生育力、治療甲狀腺……旁邊兩隻年幼遊伴已令我心滿意足，聽聞這驚人療效，手心摸都不敢摸，我們看看欣賞就好。

街角遇見夢

「Hey，我夢過我在這裡！」在米哈博大道一側的銀行前，我高聲嚷著對 JJ 說。

「那妳夢見妳在幹嘛？」JJ 掛著黑色的墨鏡，嘴裡還嚼著剛買下的生火腿問道。

「銀行前……我在銀行前跟一位女士談話……我好像穿著一件米色連身裙……」

「這樣啊？那夢裡有沒有我？」

「沒有，沒有你，也沒有小朋友。」

過於驚訝的我，還一直處在不可置信的情緒裡，墊高腳尖望向銀行裡頭漆黑的長廊，試著想記起更多的夢境，而遊伴們已經無所謂地揚長而去。

那是十幾歲左右的夢，還記得我睡在跟姐姐一起的上下鋪，躺在白色、帶點粉紅花、洗過太多次所以有點起毛球的枕套上……我緩慢移動腳步，試著別離家人太遠，卻又頻頻回眸，試著要想起更多。

「deja vu」，法語單詞裡似曾相似的意思。這一路上，好幾次，心頭隱隱在街角有這樣的感覺。

儘管整路感覺到爆表的喜歡，心卻又是異常的平靜，上輩子在這裡幹嘛？我是誰？遊客？居民？亞洲人？常常想起，卻還依然是謎。

紫色的街

婚後的旅行，漸漸地，變成兩種，一種是老公想去的地方、一種是自己想去的地方。而一年一次的大旅行，每年就只能公平地由一個人得標。

夏威夷的海域，是 JJ 說他這一生一定要騎過的浪花。被浪花淋得全身溼透、達成心願、臉龐掛上滿足笑顏的他，曾對我說：「我想站在夏威夷的海浪裡，就像妳想站在南法的薰衣草田裡。」用這樣的形容，我們彼此就知道，海浪和薰衣草田，對彼此心靈的安慰的層級。

這年，終於輪到我得標。儘管來遲了，高海拔上一畝一畝綿延相連的紫色花海，還是為我的遠道而來，很好心地留了一些，用它的紫色芬芳向天空抽長，在藍色天空下跟我們 Say Hi。

從亞普驅車前往瓦倫索高原的路上，一方面想鎮定地幫忙看路標，一方面也因為太過興奮而分神探出窗外，像個急切的孩子，想趕緊拿到大人手中棒棒糖那樣迫不及待，只想一拂明信片裡，

那陽光下閃耀的紫色薰衣草。八月盛夏，儘管低海拔接近瓦倫索高原一帶的丘陵，已經被收割完畢，搖下車窗，濃濃的薰衣草仍然不吝嗇地用它的清香歡迎旅客到來，雖然沒能欣賞到綿延紫色的模樣讓我長長地嘆了口氣，失望到心底深處。但仍抱著一絲絲希望，期盼在更高的山上，還能親眼遇見，盼了好久好久的紫色安慰。

所幸高處的 Riez 還留有一片薰衣草田，儘管沒有在公路邊上來得壯觀，還是稍稍安慰到我久盼的心頭。

瓦倫索小鎮是薰衣草的中心，鎮上的小鋪子們皆以飽滿的紫色和銘黃色來彩繪鋪子店面，除了看不膩、佔遍普羅旺斯明信片版面的薰衣草花，各式各樣由薰衣草提煉的製品，也都以濃淡不一的紫色討人歡喜。還記得有一次不小心在工作中被刀片割傷了手指，同事拿出她在修道院買的薰衣草純精油讓我擦拭，傷口，沒一個下午，已經悄悄結痂收合，那次讓我見識到薰衣草純精油的神奇療效，此趟路上始終惦著，要把普羅旺斯專屬的薰衣草香精帶走，讓離開後的日子裡也能擁有它神奇的鎮定與舒緩，藉由香氣讓我隨時閉上眼睛，都能記憶起拜訪過的田地與小鎮。

25

在瓦倫索小鎮中心的噴水池旁，有間遊客旅遊中心，可以得到精準的薰衣草相關情報，到遊時不妨先問問哪裡尚有薰衣草可欣賞。

走瓦倫索公路、D8 公路前往帝涅，或 D6 公路前往 Riez 開到 Allemagne-en-Provence 的路上，都可以看見薰衣草綿延的丘陵花毯，時間約在六月中至七月底最佳，大部份到八月初已收割。

另外，位於亞維儂東北邊，沿著 D943 公路到 Sault、再沿公路 D 245 開往 St Christol、Simiane la-Rotonde，也會看到一望無際的薰衣草田。

空靈之美

那應該是、或許我該說「確切是」，這幾年來看過最美的景色。

擁有「法國最美的修道院」美譽的雪農克修道院，和前庭整片的紫色薰衣草田，時常榮登普羅旺斯明信片的主打明星。只是親臨現場、親眼看見的震撼與深愛，讓我的手心不由得緊緊壓住胸口，而似乎也只能用最隆重的屏息沈默，來讚嘆那將近一千歲的美麗靈氣。

建於西元一一四八年，融合方形與圓形建築的修道院，是用石頭砌成的千年古蹟。站在入口高處遠遠凝望，儘管近千年的風化讓建築上的石頭泛黑，整座修道院依然像被天使環繞著似的，在空氣裡播散著「徹底的溫柔」。

假如一歲大的男孩，清晨用他胖胖圓圓的手，
輕輕撫摸媽媽的臉龐，用他僅會的兩個單字「麻
麻」、「嗒嗒」說早安，是如羽毛般溫柔；男
人晃著渾厚肩膀，走來給上一陣懷抱，是種雄
厚的溫柔；男人環著吉他，穿上紳士般燕尾服，
輕輕為妳唱首歌，是種守護的溫柔；那麼，紫
色薰衣草前的雪農克修道院，不僅有那些溫柔
的吐息，教士們長年的頌揚，更讓溫柔繼續深
箇，讓人在它雄壯的外表之外，還感覺得到透
明天使吟唱的空靈之美。

那天，我站在水母般透明的白雲藍天下，久久
無法回神。

許了下一個夏天，還想再來與天使見面的心願。

雪農克修道院位於葛德山城
附近，建議可與葛德的行程
排在一起。

歐舒丹博物館

除了紫色薰衣草的舒緩香氣，鮮黃色的蠟菊、赭綠色的天使草、奶油色的澄花，都驅使我來到歐舒丹位於普羅旺斯 Saint-Maurice 的廠地，親身巡禮。

博物館外茂密的香草花園、館裡玻璃窗內讓人好想收藏的包裝盒、蜂蜜色牆上商品包裝的水彩手稿，對我而言，像是走進一場期待已久、和偶像的見面會。

手心拂過迷迭香的枝梢，掬起手掌向鼻尖靠近，喜歡的南法香氣，正通通握在手心裡。

L'OCCITANE
Via the A51 motorway
Z.I. Saint Maurice, 04100 Manosque, France
Tél : 04 92 70 19 00

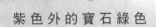

紫色外的寶石綠色

如果你問我最喜歡的顏色？白色會是居冠的答案，而綠色群裡的寶石綠色（turquoise），則是與白色的較勁之間，常常讓我舉棋不定的顏色。

從海水的淺藍延伸到寶石綠再到靛藍色，中間那段寶石綠色帶，曾是我替孩子取名字時思考過的選項，因為希望這個孩子能以溫和、平衡的個性生存在世界上，但又可以像這個顏色般，處於中間角色卻還是亮眼。

接近瓦倫索高原的聖十字湖，除了風帆、海灘、露營，亦適合來場簡單的野餐時間。而那湖水的顏色，就像倒入萬桶寶石綠色的顏料，濃郁得讓人質疑真假。海風迎面而來，沿著湖岸，鋪上野餐巾，孩子下去踢踢水，換上海灘褲的JJ也立刻恢復他海豚的身份，一個溜煙，只見他潛入綠色湖水下方與久違的水底世界重逢。

我心裡知道，陸地上的薰衣草再怎麼壯觀，也撩不起他心底最深處的快樂，去游吧！前輩子是海豚的你。而我則依然凝望那面飽和到不像話的湖水綠，一面吹著維東運河下的海風，遙想水底的JJ悠游的畫面，聖十字湖的下午，有了不一樣色彩的南法日記。

百年的街

「天空之城」，一個懸在天空中的城市，名字聽起來好美，不是嗎？

葛德，地名的原意是指「高懸的村子」。由石頭砌起來的百年山城，早晨陽光灑落在石頭城上，米色的城在藍天的包圍下盡是一片煥亮。普羅旺斯裡最美的村莊之一，才走到城下，我便瞭解到什麼叫做「世界都不能干擾的美」。

中世紀的戰爭迫使居民往山上找尋避難場所，為了保護自己與防禦敵人，人們棲息在嚴峻的山城裡躲避戰爭的不安，強化隱蔽的防守性建築，便是這座山頭村的由來。經過多次宗教戰爭與入侵，葛德的居民展現自己的勇氣與堅定，強烈地用自己的力量守住這個岩石上的小村莊，那個令現代人嘆為觀止的世界遺跡。緩步在鵝卵石鋪成的石頭街上，我想像著過去這裡曾經如何受盡折磨。

山城裡的蜿蜒小徑，上坡又下坡，中世紀的美麗軌跡，轉角之間都是令人怦然心動的衝擊。然而我喜歡這樣的衝擊，心裡頭竟感到一陣陣安靜又甜美的快樂。沒有到興奮感那樣旗鼓張揚，純粹是一股遇見對的事物、安慰到心底的微量鎮定劑。

La Table à Gâteaux 餐館的門面，不，我應該說是整面山，都被綠色樹葉像瀑布般地包圍，變成了一面碧綠山牆，兩個從石牆裡開出的小窗洞別緻又可愛，感覺是小矮人住家裡的窗子，外頭赭綠色的木門和桌椅，配色低調且高雅，在轉角一看見它，便被它渾然天成的美麗折服。

La Table à Gâteaux

Rue De La Poste 84220 Gordes

Tél : 08 99 23 74 84

很想好好觀看這面如畫般的街景，但陽光從晴朗的藍天灑下，讓眼睛有些睜不開，只好勉強取景，也看不清構圖，索性就先拍下了，不過也沒關係，鏡頭擺哪裡都好，哪個角度都上鏡。

旅人若是在不熟悉的地方與咖啡館邂逅，便能讓咖啡館永遠留在心裡。

我盤算著要讓這轉角遇見的愛刻在心裡，只是同樣奢望一席的來者實在太多，眼看兩個孩子走了一早上應該也餓了……

讓媽媽認真地再看幾眼吧。這有如夢中之夢的地方。

好記得，離開時的捨不得，心有如哭泣般的悲傷。

廣場上響起悅耳的大提琴聲樂，是兩個捲髮年輕女生的音樂表演，樂聲繚繞在古堡與百年街道的迂迴之間，坐在廣場石階上的我，手指頭不斷摸觸臂旁的石頭牆，像撫摸孩子那樣全心全意的愛戀，心頭卻又是捨不得離開的五味雜陳、若有所思。

電影《美好的一年》在街角咖啡館的拍攝足跡、女主角忙碌點餐的身影依稀可見，遊客依舊人來人往發出此起彼落不可思議的讚嘆，我想起網路上有人說：「任何媒體都無法還原葛德的美」，自己走上來才知道人家說的一點都不誇張。

試著拿起畫筆，畫下我對米色石頭山城、百年迂迴小徑的喜歡，不能還原我知道，只是想透過紙張和書畫，把喜歡覆寫一次、二次、三次。

Orange et Chocolat，一間山
腳下的水果店，怎麼說呢？
是間充滿了愛情的水果店。
沒有太多時間能和你培養濃
厚的友情，但是我幫你拍了
照片，回到亞洲我會常常想
起你，親愛的水果店。

Orange et Chocolat
Place du Château 84220 Gordes
Tél : 04 90 72 09 47

✖

紅色的街

水彩盤裡有三十種顏色，足夠讓我再調出一百種顏色。聽了紅色山城的傳說，又貪心地想試試「赭」世界的另外三十個紅橙黃綠，畫畫的孩子像是朝聖一般，頂著熱烈的陽光走上山去。

▲ 以當地赭土顏料
調配的紅橙黃綠

和葛德高雅的白米、如白玫瑰般的聖潔相比，胡西甕熱情的橘紅色就像紅玫瑰的婀娜。相距不遠的兩個山城各自盤踞山頭，用迴然不同的色彩述說普羅旺斯的美麗。

天然紅土地形的關係，整村的家家戶戶皆以豐沛的紅土築牆蓋房，房子們手牽起手，便串起蜿蜒的紅色街徑。

在顏料店前駐足許久，徘徊著要幾個色粉才能畫好紅色山城，說白了其實只是要握著跟這裡的繫線。色粉散落在白色骨瓷盤上的粉末，飄散出稀微的清香，不曉得是不是貼心的顏料商，算準了人們會思念山城，偷偷給的安慰獎。

來的時候一切很現實，離開的時候，又像是夢。

我們說，那是普羅旺斯特有的美妙吐息。

美 村 街

進入村子前，若是看見三朵紅色小花的鐵牌標誌，那便是法國配給這些村子們的勳章，像在說：「你們是最美的地方、我們法國的驕傲」，那樣的意思。

得意地遇見，一些沒得到勳章的美村，像是刻意低調、不想太多人知道的小聲，安安靜靜地存在，用他們自有的氣息日常呼吸，就好。

然，平凡的小美、竟是道地。就像旅行每個城市，得走進當地的市場，才看見原汁原味的生活樣子。

Saignon

帶鴨舌帽的老爺爺，早起買了一根長棍麵包，
左手拎著他的銀色 macbook pro，機型和我的一
樣，熟悉感和瀟灑感，讓我多看了爺爺兩眼。
他愜意地在老泉旁的咖啡館坐了下來，陽光從
梧桐樹的枝葉縫隙灑落下來，點點光影晃動在
他的背脊，坐在後面的我，十分享受此刻的寧
靜與畫面。

Fion's Note

亞普東南方的 Saignon 小
村，流動著優雅純樸的老法
國風情，中心的 Auberge du
Presbytère 旅店，說是說家庭
經營的小旅館，其實大氣風華
得可以。那天隨意晃蕩的小禮
物，便是遇見 Saignon 如電影
般的場景，彷彿時鐘上的長針
短針也想停下來休息，停留在
這一刻裡。

Cucuron

亞普的南方，Cucuron 村裡的大水池，百隻模
型船艦正在水裡游動，滑行著展現他們夏季的
英姿，星期天，收藏家們個個笑得開懷、手持
遙控器、快樂地討論收藏船隻的點滴。《美好
的一年》，第一次約會卻遇見大雨的地方，也
是我第一次遇見上百隻模型船同時航行的地
方，跟其他的村莊相比，這裡四方形的村莊中
心、小小卻有著很不一樣的美。

Lacoste

那是一個上坡的鵝卵石路，老爺爺揹了大概有三台相機，肩上還背著腳架，看起來對攝影很有興趣。坐在摺疊板凳上、正在畫水彩速寫的老奶奶，應該是他的另一半，老爺爺耐心地等待老奶奶畫完，一下幫忙看看角度、一會兒也自己拍拍風景。老人頭髮已斑白，看起來仍然健朗，老奶奶用針筆打底線、淡彩上顏色。我了解她的心情，也想用顏料把普羅旺斯畫在心裡。

不曉得這是他們第幾次一起牽手旅行？
老爺爺每次都是這樣耐心地等老奶奶畫完嗎？

他們倆本身，就像 Lacoste 這個中世紀遺留下來的小村，歷盡鉛華、如智者般不用大聲嚷嚷，滿是故事。也讓我想起日本畫家安雅光野的圖像，不用任何文字輔佐，我們早就已經跑進圖畫裡的小巷開始旅行。

綠色水街

青綠色的水草隨著河水流動在水裡搖擺，像群綠色的魚兒優游一樣。我們俯著身軀靠向欄杆，想看看河裡的水是怎麼個稀奇的綠，聽說沒有人知道河水到底有多深、水草到底有多長。

POITIERS R.P.
R 2538

Voyage

歷經幾百年成形的綠色水街——索格河，貫穿索格島，直至碧泉村。

想要近距離親近綠色水街，也不是沒辦法，參加獨木舟、橡皮遊艇等划船活動，便可一親其碧綠芳澤。接近碧泉村，有處聳高的水橋，那是一座建造已一百五十幾年的水道橋，接續水源到其他城鎮以提供灌溉，再往後走一點，在水壩處的餐館，便可以報名參加遊艇水上活動。

泉水從水壩處流瀉下來，水聲轟轟作響，旁邊一棟沉睡在綠色森林裡的城堡，不曉得還有沒有人住？沒有遇見老物的狂喜，心頭卻還是幽幽地顫抖了，城堡裡的傳說和城堡外的境界，美麗到連用回想的，心都感覺糾結。

柳樹垂下的枝柳襯在城堡之前、碧綠的河水
在城堡下流動，水裡的綠色水草大概釋放了
一世紀的芬多精，從碧泉村到索格島，一整
條的水街的空氣，清新透明。